詩集

若柳

じゃくりゅう

大薮筑川

おおやぶ ちくせん

文芸社

序文にかえて

大藪筑川こと昇は、健蔵とエツの四男として大正六年七月二十三日、福岡県三潴郡蒲池村（現、柳川市）にて生まれる。

志を抱き東京に遊学、早稲田第二高等学院文学部に在籍、詩人であった西條八十先生との出会いもあった。

二十一歳のとき、東京にて病に倒れ、当時の東京市医科大学病院で入院加療中、昭和十二年一月十七日、帰らぬ人となる。同年一月十九日、東京市中野区の火葬場において荼毘に付され、同月二十三日帰郷、翌二十四日埋葬された。

このことが筑川没後八十五年して初めて明らかになった。

同僚の緒方喜己夫、立花重就、中里一桀、佐藤平吉、三木憲一、森岡幸二の各氏のご尽力によるもので誠に感謝に堪えない。

最終章の「妹の靈前に捧ぐ」により当時のことが窺い知れる。

この詩集は、令和四年、築百年の実家を取りくずすときに発見された。書庫に長年眠っており、この世から忘れさられる寸前のところであった。

国立国会図書館の納本制度があることを最近になって知った。この本を永久に残したいと思っていたとき、文芸社に出合い、再び日の目を見ることになった。誠に有難いことである。

再刊に当たり、旧仮名づかい、旧字の表現は、一部、現代表記に改めることにした。また、今日では差別用語に当たるような表現については、昭和初期の様子と筑川の生きた言葉を残すため改めず、できるかぎりそのままとした。

令和六年一月

幸成こと甥 幸治

若柳

若柳◆目次

檻の中の猿よ！

檻の中の猿よ！
いくらお前が手をのばしたって、
遠い所に可愛いゝ娘の下げてゐる竹篭の、
あのうまそうな果物にはとゞきはしない。
お前は鐵棒の柱を忘れちゃいけない。
それは堪えられなく慾しいだろう。

と云って、いくら急《あせ》ったって無駄だ。
それよりも、他の人がお前のために、
投入れてくれるのを待った方がましだね。
（十一年四月九日）

春の野原

春の野原に出で見れば、
さも待ち顔に開いてる
菜種の蜜のふところに、
白蝶一葉たわむれて、
恋仲見たいな真似してる。
天使の様な姿して、

（十一年四月九日）

夜に祈る

夜寝の床に、
さわやけき　秋空に
日輪の　昇る如く、
祈りが湧く。
街の熟睡《うまゐ》の、
をち方に　犬の聲、

彌《いや》たぎる
闇に消えよ。

坩《る》堝《つぼ》の胸、
（十年十一月八日夜）

恋するものは

恋する者同士は、常に
意地をはさんでは駄目だ。
川の両岸を歩いてはいけない。
私とT子との決裂は、
最初は山の小川の様に
向ふの岸は跨げる位だったのに、
どちらからも折れて出ようとしなかった。

無理に意地を張りながら
だん〳〵月日が経つのに、
小川の下流がひろがる如く、
何時の間にやら二人は、
呼んでもとゞかぬまで広い
河口に達してゐるのだ。
やがては海につゞいてゐる。
（十一年三月廿一日）

父母よ

我にやさしき父母の
鞭の力の年毎に
弱りて行くを思ふ時
悲嘆の歌のなからめや。

眼子《まなこ》に入れても厭わじと
いたわり育てし妹に

とゝせの愛の空しくも
卒塔婆となりしあわれさよ。

兄弟三人《みたり》おしなべて
雲居の空に別れ居て、
芭蕉の葉鳴る故里に
昨夜は何の夢見しや

此の春逝《ゆ》きし妹の
立ち帰り来て隣なる
子供と連れ立ち学び舎に
石を蹴りつゝ行く様か。

然《さ》らずば学終へ兄弟《はらから》の
いと健やけく打集《つど》ひ
門を敲きし有様か、

将《はた》初孫《うひまご》の微笑《ほゝえみ》か。
空行く雁に物思ひ、
門に佇み帰りをば
待ち侘び給へる父母の
懐し姿よ、おもかげよ。
（十年九月廿八日夜）

醉《えい》薬《ぐすり》

軒並にさん〳〵注ぐ
午の日を柔らに浴びて、
行ずりに此方を見やり
にっこりと笑みし其の顔、
やすらけき我がむらぎもに
醉薬射てそゝぎけり。

外面《とのも》には下泣くが如
春雨の玻璃戸に降りて
独居の旅愁をそゝる
書《ふみ》閉《と》じて寝床にのべば
燈を消せし傍なる壁に
忍び寄る美《うま》し笑顔よ。

（十年三月十五日）

冬枯れ

墓場に近き冬枯れの
黄櫨《はぜ》の初枝に急がしく
百舌《もず》啼《な》き頻り黄昏《たそが》れぬ。

土に向ひて黙《もだ》しつゝ
耕す農夫は鍬とめて、
背を伸ばしつゝ見かへりぬ。

ひねもすなせし其の後を。
墓場に近き冬枯れの、
黄櫨の初枝に急がしく、
百舌啼き頻り黄昏れぬ。

（十年一月廿六日）

ひどい監視人

私が可哀想な囚人《とりこ》なら
あなたはひどい監視人だ。

両手両足を縛って
如何にも手むかひ出来ないのを
よく知ってるくせに、痛い鞭で
鼻っ柱をつく監視人の如く、
あなたは私の胸を突いたりする。

（十一年一月廿二日夕）

春よ！

お山の雪をかき消して、
春よ早くやって来い。
俺達はもう準備が出来たから。

何時もは唯呆然と
遇っては別れたお前だけれど、
今度はお前と共に踊れるのだ。

何故なら、
綺麗な小鳥を胸の中に、
堅くいだいてゐる俺だもの。
（十一年一月廿二日朝）

君の我をば

君の我をば未だ青き
熟せぬ柿と思ふてか、
餘りに情《つれ》無き其の心。

されど恵みの暖き
情の光を受けたらば、
甘き色香も添ふものを。

（十年七月十六日）

涙雨

くみても尽《つ》きせぬ淋しさを
抱いて庭に出で見れば、
芭蕉の破《や》れ目ゆ音づるゝ
冷き風ぞ身に染みる。
何時かは榮えし朝顔も
垣根に老ひの瘦姿。

榮枯盛衰世の習ひ、
我も一度はあなる身か。
葉陰に集く千々の虫の
奏でる歌の侘しさよ。
訪ふ風にはら〳〵と、
落つるは櫻の涙雨。

（九年九月廿七日）

風前の灯

恋する者同士は常に
目に見えない鋭い触角で、
相手に斥候を出してゐる。

かげではいたづら心を起しても、
相手を信じ合ってゐる間は、
天使の様に甘くさゝやく。

若し何か後ぐらいものが
するどい触角にふれたその時から、
恋人を罪人の如く疑ひ始める。
物事は疑ひ始めると
つるに下がってゐる芋にも似て、
次から次へと表れて来るものだ。

まして恋をしてゐる心は、
風無くして散る木の葉の様に
感傷的になってゐる。

不信用を抱いた恋
それはもう過去のものだ。
風前の灯だ。

（十一年四月十日）

彌生

夏の浴の町宵の口、
今宵もなるよ三味の音が、
球磨の早瀬のさゝやきに、
苦しき胸を晒す様、
哀れなる身を歎くよう。

酒の臭と色の香の

熱き息吹《いぶき》の膝枕、
獣に等しき仇心、
夜毎に迫ればひく三味も
苦しき調べになりとよむ。

暫しの嘘《う》偽《そ》のまじわりに、
転《うたて》く媚びる酔《よい》漢《どれ》の
掌《て》に渡さるゝ札《さつ》数は、
遠きみ空に病む父の
薬の代《しろ》にかゆるべく

黄泉《よみ》に罷りし垂乳根《たらちね》の
果敢なき生涯思ふ時、
故郷に残せる妹の
窶れし父の長病の
あわれな生活《たつき》を偲ぶ時、
はた誓ひせし恋人に
裏切られし身を嘆く時、
なほも幻慕ふ時、
ひく三味は哀調に

何時しか沈みてなり淀む。

客を送りて空虚《うつろ》なる
乱れた部屋に唯一人
欄干《てすり》に凭《よ》りて川の面に
砕けてしづく銀色の
夜半の月影ながめつゝ
瞼《まぶた》に涙の池なして、
仇なかぼそき身を投げて、

夜更けの冷たき川風の
吹きくるまゝになぶらせつ
下泣く弥生の愛《は》しき色香よ
（十年十月廿五日）

人の心

人の心は空模様、
昨日はいやな雨空が
今日はうれしい日本晴れ。

行末誓ったあの人の
我を捨てたを歎いたが
晴れたる今は過去の夢。

人の心が変るとて、
誰を恨もう恨んでも
恨んだむくいが来るぢゃなし。

人の心は空模様、
変ればまゝよ如何しよう
之は此の世の規則ゆえ。

何時まで変っていけないと
希ふは希ふの無理なのよ。
此の世の掟《おきて》に背《そむ》くゆえ。

盛に荒んだ木枯しも
時さへたてば去り行きて、
楽しい春に逢ふさだめ。

（九年九月十日）

病の窓

病の窓を開けると、
藍色の西空に
輝く銀の鎌の刃が
小舟の様に浮いてゐる。
月の光を背にうけて
堀向ふの農家が黒々と、

窓だけが黄色い、
風のない早春の夜更け。

幼児の泣聲も止んだ。
窓の障子に二つの影が動いてゐる。
若夫婦の家である。
私は毒にふれた思ひで
そっと夜氣を絶った。

（十一年四月十日）

金の船

我が夢見しは金の船、
月の光にしづ〳〵と
楽しき宵もありにしを。

北の海より雲起り
船は波間に沈み行き、
冷き風ぞ荒《すさ》び泣く。

（十一年四月十日）

君を思へば

日に夜を継ぎて降る雨に
河は水量《みなかさ》ひたあふれ、
高き堤も堪えかねて
なだれをうちて破《や》れるなり。

学びの道に力《つと》めんと
あせる心の如何してぞ、

君を思へばあやなくも
あつき情に流さるゝ。

（十年七月七日）

星の火よ！

激浪岩かむ東海の
離れ小島の荒磯は、
我の汝《な》を思《も》ふ胸の絋。

湯島の宮に絶え間なき
眞心篭る鈴の音は、
我の汝に言ふ願《ねぎ》言葉。

明日の日和を告げ渡す
夕焼雲の西空は、
我の汝を恋ふ胸の色

然《さ》れど汝《なれ》より授かるは、
東雲《しののめ》方の土手の上《へ》の
いともかすけき星の火よ！

（十年七月十六日）

或る女の告白

私は田舎の茶屋娘、
お客の来れば誰にでも
忘れず会釈はするけれど、
うどん食ひつゝ人目避け
変な目付きで笑ったり、
膳を運んで行った時、
妙な言葉を言ふ人の

傍には常に遠のいて
窓より星を仰ぎ見て、
亡き父母の影想ふ。

毎夜揶揄《からか》ひ来る客の、
蠟の土偶《でく》にも異らぬ
死神付きし麗人と、
私のことを云ふけれど

心に秘めし扉には
愛の文字もあるものよ。
昼間に寄りし旅人の
稲波続く田舎路に、
消え去る姿を何時までも
暖簾《のれん》のまより見送りぬ。

（十年十月廿一日）

破壊

私の心はにぎやかな
陳列所の窓がらす、
中の飾りをそれまでは
じっと眺める女《ひと》があった。

とある夜更けに酔漢《よひどれ》が
ステッキ振って敲き破《わ》り、

道へ宝が転げ落ちて
誰かがそっと拾ひ去った。

妙な二人の行きがゝりで
よせばよいのにこいしらへて、
意にないことをしゃべったら
彼女は私を遠ざかった。

（十年十一月三十日）

迷霧路《まよひぢ》

此の世に未だ知られざる
いと奇《くす》わしく美《うま》し音《ね》に、
二《ふた》なく妙《たえ》なる高き香に
人の心を酔わしめて、
夢の御《み》園《その》に導かむ
小鳥の花の影尋ね
詩歌の森に入りつれど。

行けど進めど姿なく、
木の葉の繁みに日は漏れず
日毎に森は深まりぬ。
たまひま繁みに分け入りて、
転《うたて》き声に耳塞《ふさ》ぎ
心は荆棘《いばら》の傷負ひぬ。

苦しき餘り帰らんと、
何時しか願へど今は早や
心は太《いた》く疵づきて
返さん心絶えてなく、
さりとて慾《ほ》りする影何所
時の刻みぞ胸をうつ、
あなうたて我迷ひきや。
（九年十一月十九日）

恋の曲

君がみ園の花にして
我は彷徨《さすら》ふ蝶ならば、
君の仰げる大空に
流るゝ雲は歩を遏《とゞ》め、
萬里の先に眠る蛇が
おどろく程に翼を振り、
恋の踊りを乱舞して
君の情に訴へん。

奏で終れば際限《はたて》なく
多数《こゝだく》咲ける園内《そのうち》の
他は顧みず一すじに、
君が近くに舞ひ下り
胸の炎を囁きて、
美《うま》しめしべにを抱ける、
又なく甘き蜂蜜の
奇《めぐ》しき味にひた酔わん。

然《さ》もなく君が心怒り
開ける花も堅く閉ぢ
実の情を仇にせば、
我は雲居に立ち戻り、
千尋の海に住む魚も
音を泣く程に哀れなる
悲恋の舞に狂ほひて、
死して地上に降りて来む。

（十年四月十四日）

幻の錦絵

戸山ケ原に月さえて、
淋しい調べになりひゞく
誰が奏くのかあの三味を。
彼の女の語ったあの宵も、
色の香《か》かほる湯の町の
近所の宿より漏れてゐた。

人に吠ゆるか番犬の
遠声聞けば思ひ出す。
あの朝窓あけ草原で
みだら事する犬二匹
眺めてゐた時首すじに
はひ寄って来た彼の女の息を。

今過ぎ行くは終車かよ、

電車のうなりを聞いてゐると、
二人きりのあの室で、
もう帰るかと淋しげな
瞳で見上げたあの唇が、
無性に熱く胸をこがすよ。

（十一年一月廿五日）

かゞみ

小さいにきびは勿論のこと、
手にふれても分らない
両頬の灰色の生毛さへ
いやらしいほど、鏡を見ると
正直に映ってゐる。

若し心を映す鏡があったなら、

喫驚《びっくり》する位大きい出来物が、
胸の中にはびこってゐるのに
気が付いて、きっとあの男は
少しゃ後悔するだろう。

（十一年四月八日）

元日の日

我はとある橋のたもとに、
新しき年を迎へて
一入《ひとしほ》繁き自動車の交錯――
闇をかすめる人魂にも似て
はた、えさを求めて突進する
虎にも似たる――を縫って、
浮気どった歩調で過ぎ行く人々に、

いらたゞしき眼子を送りつゝ
それよりも往来繁き心で佇んでゐた。

深い堀の水面は肌寒い
冷気の中にかすかにたゆたひて、
慌しげに止まりては気合もろとも
微に唸りつゝ進発する電車を、
呼吸の如くそれにすひつすわれつする、
人影を静かに見上げてゐた。

我はあってはならぬ結果におびえつゝも、
初めて二人で語る胸のときめきを想ひ、
はなやかな映画を見つゝ
共に席を並べる暖み、
故里の桃の花咲く叢に
共にたわむれる香、
又夏の川べりに螢追ひて、
いこひにうける麗わしき彼の女の
熱き吐息を画きつゝ。

今日は彌《いや》おごそかに鳥の白毛が
ぬうっと大空を突いた将校に、
白い大きいマスクをかけた兵士等が、
電流でも通じたかの如く
同じ型の挙手の礼をした時、
その後にうつむきがちに歩み来る
或る姿を発見して、我は右手で
ポケットの簪をぐっと握った。

幾《いく》度《たび》か目の錯覚に、
駈け出さんとしてはそっと退《たじろ》いた
その中に彼の女と約束の時間は
一時間早や去りて、私の心の隈っこに
小さく蜷局《とぐろ》を造ってゐた
黒蛇がずる〳〵と動いて
鎌首を持上げ出した。

近くの寺院の鐘が正午を告げて
四辺の冷氣をふるわした時、

私は立つてゐる舞台の
廻転し終つたのを覚えて、
後の方で電車のすべり出すのを聞きつゝ、
寒いこほつた道を歩き始めた。
（十一年一月十日）

残忍なる観衆

外曲落球《アウドロ》を大きく空振りして
三振くらった選手は、
すごすごと味方の席にのがれて行く。
打者位置《バッターボックス》に立った事のない多くの観衆は、
蔑みのさゝやきに耽る、
私は或る女にあやつられて

多くの残忍な観衆は、
私の胸に嫌と云ふ程
嘲りの矢を放つてゐる。

（十一年一月十日）

毒汁

淋しさを訴へるにも似た
彼の女の美わしいひとみは、
捕鼠器《ねずみとり》に備へた餅片《もちかげ》だった。
彼の女は猫にたまを取らしてゐたのだ。
遂には、そのうまそうなお菓子を
懐の中に蔵って仕舞ふくせに。

苦い毒汁を注がれながらも、
俺は如何して心から
彼の女自身を憎めないのか。
（十一年二月廿五日）

泥濘《ぬかるみ》

人の世の、
岐れの道に我立ちぬ。
平たき道の彼方より
楽しく招く声すれど、
泥濘ひどき他の道は、
行く先深く霧立ちて
その先別かず……。

（九年十一月一日）

人事《ひとわざ》

長き夜を、
泣きに明かして稲の穂は
露の涙の繁くして、
刈られん運命《さだめ》を待つばかり。
朝霧つきて雁金《かりがね》の
飛び立ち行けば、待ちざまに
どよむ銃《つゝ》音《おと》……。

（九年十一月一日）

崖の花

恋の好《うま》さを昨日知り、
今日は痛手になやむかな。
短かき恋は胸の毒、
一時は甘く香れども
醒めての後のわりなさよ。
重い苦《にが》味《み》が身を締める。

深い山路を行く崖に、
一本《ひともと》咲きの美しみ、
荊棘《うばら》八千草押分けて
手折らんものと近寄れど、
花はみづから茎落ちて
谷間の底に消え去りぬ。
尽《つ》きぬ思ひに瞰《み》下ろせば

花は遥かな木の枝に、
我の心を懸くれども、
風にさ揺るゝ果敢なさよ。
我は瞳を見開いて
周囲を静かに見渡しぬ。
（十年十一月十六日）

畜生！

今日は大空を駈け廻りたい心。
そして世界中の人々が
仕事の手を止めて振仰ぐ程、
「畜生！」と、怒鳴って見たい。
何故なら俺は、一日中

何も手につかずに待つてゐた、
あの約束を裏切られたのだ。
今日は大空を駈け廻りたい心。
（十一年二月廿九日）

久しぶりに

久しぶりに帰って見ると
故里も春が来たのだ。
あちこちに特に目立った
綺麗な花が咲いてゐる。

どれを我が家に植えようかと、
胸をわく〱させ、

土掘を持って、
我は野原に出でんとする。
（十一年三月十三日）

裏切った女

裏切った女に会ふと、
警官の前でやり場に困る
盗人の様な目をして通った。

私は追っかけて行って、
犯した罪をとがめたい。
近くに人が居ないなら。

（十一年三月十七日）

仲を絶った恋人と

仲を絶った恋人と
不意にめぐりあふのは、
未だ全く癒えやらぬ
古傷を物にふれたのと同じだ。
赤い血がにじむ思ひで
暫しは悩まされる。

（十一年三月十七日）

意氣地なしめ！

お前は、
薄塩っからい涙を貪《むさぼ》らんとして、
その宝をゆずらんとするのか。

それとも、
それが、その人の為と思ふなら
それぢゃ、その薄塩っからい

涙を静めぬのか。
意氣地なしめ！

（十一年二月廿九日）

或る人と男の詩人

或る人

詩が何だ！
詩人が何だ！
それは此の世の無用の物だ。
人間の寄生虫にも等しき詩人よ。

男の詩人

そうでしょうかしら。
お偉いお人様。
詩は我々の心の活花です。
我々の演説です。告白です。
詩は同じ苦しみを抱く人をなぐさめ、
明日のつとめをはげましてくれる。
又、偉大なる詩は寸鉄の教訓である。
一度詩の御園をのぞいて御覧！

その熱狂の空氣に一度ひたったら
あなたはきっと馬券狂の様に
詩読にこるでしょう。
そして遂には筆をとるかも知れない。
若しそれでも詩が解らなかったら、
貴方の心は乾枯《ひから》びたお池です。
潤ひのない枯木です。石炭です。
貴方は花見もよしたがよい。
登山も止めたがよい。

詩を解せぬなら
その気分も味わえないに決ってゐる。
それはお金儲けにはならなくて
無駄な時間つぶしです。
貴方は愚痴の毎日を送るがよい。
長男の出産には喜びの声がなく、
両親の死に対しても、貴方は、
涙を持たない人に違ひない。
近所に火災があっても
同情の心はないでしょう。

若し喜び、悲しみ、
哀れむ情があったなら
それが詩の始りです。

或る人

そんな女々しいことは孕女《はらみをんな》の
子供がてらにやる仕事だ！
何もあたら男一匹。
一生掛りでやる必要はない。

男の詩人

何をおっしゃいます。
詩は我々にとって農夫の田畑です。
兵士の戦場です。船乗りの海原です。
我々は詩を作る時、
それらの務めを果す如く
雄々しい氣持でのぞみます。
女の子供がてらにやるのは、

農夫が、
尺八を吹きながら麦を蒔き、

兵士が
賭博をやりながら鉄砲を打つ。
船乗りが、
大酒をあおりながら
舵をとってゐるのと同じです。

×　×　×　×

遂に或る人は拳で、
詩人の頬をいやと云ふ程なぐりつけて、
小道を駈けて逃げて行った。
詩人は蹣跚《よろめ》いて
近くの一本松にさゝえられながら、
静かな〳〵
月の出を眺めてゐた。

（十一年三月十七日）

心の故里よ

心はつきぬ校門よ。
今日の別れは知りつゝも
斯る名残を思ふとは、
時の流れぞ胸を彫《え》る、
早や五年も夢の間に。

着く岸知らぬ青い鳥、

浮世の波の明暮れに、
楽しき心の故里を
後ふりかへり思ふ時、
汝《なれ》の姿や画がくらむ。

（十年三月九日）

或る友に捧ぐる歌

友の楽しみ我の喜び、
友の憂き事我の悲しみ、
独り味わふ美殿の卓より
共に坐をなす粗食の膳よ。

過ぎ行ける春堤に臥《ほく》して、
茵になせし紫雲英《れんげ》摘みつゝ

刈るによしなき心の黴も、
強き恵みの日の光には
などかは消えであるべきぞ君。
（十年六月二日）

つゝしみて

君は春の岡の上に立てり
野も山も君を迎へぬ。
花は君がために笑ひ、
鳥は君の幸を歌ふ、
をち方は薄くかすみて
祝の幕をひけるに似たり。
君は春の岡の上に立てり。

君は大鷲のせなに乗りぬ。
楽土は彼方に君を待てり。
林より群雀飛立ちぬ、
出船のテープにかもめども、
大鷲の眼光の鋭さよ
聳ゆる肩のいかめしさよ。
君は大鷲のせなに乗りぬ。

つゝしみて手綱を保つ事さへあらば、
希望の峰は足の下、
又なき凱歌は胸の中、
行手に寄せ来る吹雪も嵐も、
その高駈ける翼の強きに
必ずや道を開くべし。
つゝしみて手綱を保つ事さへあらば。

（十一年四月五日）

或る友に捧ぐる歌の一年後

希望の光

名利を齷《あく》齪《さく》追ひ求め、
雲煙過眼の情したひ、
虚偽なる幸に直《ひた》酔《え》ひて、
可惜《あたら》過ぎ来し幾とせよ。
荒波高き底にこそ
眞《まこと》の珠の光あり、

重荷の坂を越えてより
愉悦の微風は胸に湧く。

怠惰に過せし一日の
心は重く倦《うみ》疲《つか》れ、
夕餉の膳の不味《まづ》くして
好《うま》し熟寝《うまい》の得難さよ。

朝日の前に我立てば
故人の言葉の胸を打つ、
瓦礫となりて残るより
玉を砕けて散れよとぞ。
（十年九月二十八日）

噫！日本刀

東亜の孤島を呑まなんと、
寄せうつ徒浪おしなべて
玉砕させて三千載
金甌無欠に守りせし
歴史は清し日本刀。

玄海灘の激浪も、

満蒙の野の猛塵も、
正義の道に唯立ちて、
進む所に敵ぞなき
あな勇しや日本刀。

世界に皇道ひろめなす
神の勅《みこと》に唯生きて、
人類なべて差別なく

眞《まこと》の平和に導かむ
使命ぞ重し日本刀。

我に仇なす輩あらば、
月光澄めるその面は
忽ち眞紅の血に燃えて、
此の世の邪をば亡ぼさむ
あな尊しや日本刀。

（九年十二月）

選挙粛正の歌

一、

誠の一字に唯生きて、
激浪寄せ打つ日の本を、
富嶽の安きに置かすべき、
清き天使の選出を、
我等は胸に誓わなん、

あゝ、あゝ、
尊き一票に。

二、

高天原《たかまがはら》に神集《かんつど》ひ
萬《よろづ》の神が謀《はか》られし、
遠き神代に則りて、

清き会議の起りをば
我等は神に誓わなん。
　あゝ、あゝ、
　尊き一票に。

三、

我等はかしこき大君に

仕へ参らす赤子なり。
御稜威に力添はすべく
清き政治の現われを、
我等は天に誓わなん。
あゝ、あゝ、
尊き一票に。

（十年六月廿七日）

亡友《なきとも》を歎く男

六月の月は西空に
淡く懸りて稲波の
私語《さゝやき》繁き田舎路を、
軍衣の裳裾《もすそ》靡かせつ
漫に辿る姿あり。

雨無き夜は法《のり》のごと

夕餉《げ》済ませば唯一人、
人目を避けて大空に
念想《おもひ》馳《は》せつゝ歩を運ぶ、
淋しき人の影なりき。

時には悲しき口笛を
嘯き居ればはたと絶え、
「噫《あな》！　転《うたて》し」と、精灵《たましい》も
滅入る許りに蹣跚《よろめ》いて、
歎きて居るも傷しや。

夕立霽れの夏の野の
露にも似たる水玉の、
寂しき瞳に溢れ居て、
月の光を宿したる
哀れな宵も幾度ぞ。

歳《とし》は十九と云ひにしが、
顔《かんばせ》痛く肉癯《や》せて、
夜目には長き病《わづらひ》の
床を離れて間もあらぬ
人と許りぞ見えにけり。

さあらむ、さこそ思われ、
其の胸中を知るならば、
縦《よし》咳なくとも臓腑《はらわた》を
残《そこな》ふ事のあらぬとも、
何故不思議にてあるべきぞ。

受験の悩み、友の死《しに》、
はた磯貝の片恋慕《かたおもひ》、
昼は現《うつゝ》に夜は夢に。
心の渦の絶ゆるなく、
身の残《そこな》ひにも彌優《いやまさ》る。

「想へば三年《みとせ》古《いにしえ》の
儚《はかな》き夢と過ぎたれど、
悲しき思は現にて、
辿れば実に見るよりも
尚もつらきは友の事。

恰も今月此の晩の
此の細月の今の程、
駈りし頃に義兄弟《はらから》と
契り結びし我が友は、
黄泉《よみぢ》の客となりにしか。

嗚呼！　宿命とは云ふものゝ、
楽しく永《ながら》ふ世の人の
例《ためし》もあれば何故《なぜ》我に
痛き念想《おもひ》をさすならむ
神の御業の転《うたて》きや。

薄幸なりし亡き友よ！
未だよく面も見知らずて
永劫一人の垂乳根《たらちね》と、
あの世と生を異にして、
大きくなりし身の上よ。

鬼にも優る継母《まゝ》の
手酷《ひど》き仕打ち無理事も、
敢て逆ふ事もなく、
実の母にも劣らざる
仕へせしこそ殊勝なれ。
帰らぬ客と成り果てし
三年《みとせ》前には唯一人、
苦しき中にもみ優《やさ》しき
親身の姉に、死別より
猶身につらき生別れ。
悲しき破産の生贄《いけにへ》に、

自からなりし其の姉は、
身をば売りても健気なに
一家の倒れを支へんと、
十五の蕾を投捨てゝ。

未だ二年《ふたとせ》の学窓《まなびや》も
可惜《あたらし》制服《ふく》も脱捨てゝ、
哀れ左褄とる身にと、
八重潮越えて言喧《さえ》ぐ
満洲の地に渡りけり。

尊き犠牲とその熱に、

蛇なるが如き継母の
僻《ひがみ》の心を押切りて、
慾《ほ》りすの適《かな》ひ我《わ》と二人
中学校には入りしか。

噫！　あの時は抱き合ひ、
花笑み鳥舞ふ春の日に
連れ立ち二人は野に出でゝ、
小さき胸を踊らせて
嬉し涙に噎《むせ》びしに。

辿りて行けば尚それは

昨日の事と思えて
噫！　懐しや我が友よ、
汝が此の世を去りしとは
夢とこそ思ひ現かは。

今行末は同胞《はらから》と、
苦楽を分けなむ契りしを
など果敢なくも打忘れ。
世もて間を隔てたる
此の侘しさを何せむや。

汝《おんみ》此の世を去りてより

学校に行くも力なく、
つらき事のみ多かれど
楽しき由は絶えてなく、
寂しき我になりけるよ。

汝《おんみ》しあらば数々の、
胸を開きて頼りたき
節多かれど今は早や、
細《いさゝ》に立てる卒塔婆と
変りし事の怨めしや。

されど君には此の世より、

眞《まこと》の母の身の傍に、
行きにしことが如何ばかり
楽しき由にかあるならむ。
残されし身は哀れども。

永久《とわ》の首途《かどで》の迫りし日、
それとも知らで我独り
継母《おに》の出掛けをよい機会《しほ》と、
枕辺近く寄り添ひて
病の具合を問ひぬれば。

潤《うる》める眼にて病人《やみびと》は

暫しは我を見守りぬ
見てゐてあれば其の頰に
何思ひけむ雫なす
涙の繁く伝わりぬ。
思わず我も時雨《しぐ》れ来て
閑《しづか》に伸ばす友の手を
緊《ひし》と握れば長病《ながやみ》の
久しき間の苦しみに
窶《やつ》れ極めて骨と皮。

眞心持ちて看護する
人とて無くば徒らに

軽き病も長引きて
細き腕《かひな》ゆ伝わるは
訴へる如高き熱。

連れ立ち急ぎし学舎《まなびや》の
往きつ戻りつ比べ合ひ
我より肥えしを誇りける
笑めるにも似し疵跡の
今は手首に泣くが如。

握り緊《し》むるに力なく
それだに今は障る身か

息衝《つ》く隙《ひま》もあらぬよう
咳《しわぶき》続くは哀れにて
額に汗の露なしぬ。
静に汗を拭きやれば
淋しき笑に漏れて来て
争われぬは優しき眼
品良き口の様なるよ
頭髪はいと伸びたれど。

咳し疲れてとばかりを
眸《まなこ》閉づれば餉くまでも
薄生《なま》白き其の面《おも》は

臘《らう》の木偶《でく》にも異らず
吐く息許り太かれど。

我が名を呼ぶに応へせば
「生くるとしても此の身にて
最早長くは保つまじ
されば」と云ひて一《ひと》頻《しき》り
咳《しわぶき》立つる哀れさよ。

瞳《め》には涙の玉荒く
額も汗の繁くして
物語らんと愁りしても

それさへまゝにならぬ身の
之も宿世と云ふものか。

咳《せき》と啖とに阻《こば》まれて
咽喉の掠《かす》れに萎《ひる》まされ
或は涙の妨《さまた》げに
やっと聞き得し言の葉に
我は腸断《はらわた》思ひ

「病《いた》みしてより継母《まゝはゝ》の
虐《しひた》ぐる手はいみじくも
増りこそすれ萎《な》ゆるなく

義弟の仕打の憎けれど
今は如何ともされぬ身の。

誰に頼らん術はなく
父は家には留守居勝ち
優しき人は姉のみも
今は雲居の果なれば
薬をとるも有がたし。

人心もて炊ぎにし
粥にてなくば砂の如
など咽喉もとを通らなむ

よし食べむとも咳のため
嘔《は》き出す事ぞ数繁く。
揚句は鬼にも彌優《まさ》る
義母《はゝ》の鋭き眼の焔
舌の烟に攻められて
独り苦しき身のあまり
死なむとせしも幾度ぞ。

唯時たまにみ優しき
姉の文跡辿る時
此の世の涙に暮れるども
返報《かへし》を送らん術《すべ》もなく

甲斐なき奴と歎くらむ。

父にしあらばしかすがに
文の来らば差出せど
義母や義弟はさるはなく
裂くのか焼くかするならむ
継目のあわぬ姉の文。

さるにてあれば、あゝ君よ。
此の哀れなる胸汲みて
若し我死なば此の由を
とくと姉《いろね》に話してむ。

此《こ》は我が此の世の願なり。
一瞥《ひとめ》にてよし姉上に
會見て後に死の旅の
首途はしましも此の望み
今は星をば掴むごと
適ふべしとも思われず。

此の床《とこ》下《した》を探りてよ
姉《いろね》に遣《よこ》せし文のうち
孰《いづ》れの中にか此の頃の
島田姿の写眞あれば
そを取り出して給へかし。

我今之を持ち居ても
久しくたえぬ身にあれば
死しての後に義母達に
遊びの品にならんとは
いとゞ口惜しき事なるよ。

それより何時しか兄弟《はらから》と
契りし君にあるなれば
我に交わりて此の品を
守りて給へ、さもあらば
我の望みは遂げられむ」

其処まで友は言ひ終り
無理せし故に障りけむ
息絶え〴〵に咳立てゝ
止まるべしとも見られざる
その時音なひ人ありき。

之ぞ鬼にも彌勝る
友のうたてき義母なりき
何時もの事の常として
我と語るを忌み嫌ひ
見舞ふのさへも嫉《そね》みけり。

されど此の侭《まま》別るゝは
無くてあれよと祈れども
之が最後にならぬやも
計り知らねば可惜《あたら》しと
立去る事も躊躇《やすら》へど、

「あな恨めしや、疲れえて
帰りて来れば肺病の
うたてき咳に阻《こば》まれて
心ゆくまで憩われず
死なばとく〳〵死なむかな。」

這入り来るなり毒舌を
浴せてかける義母の
形相《ぎょうそう》いとゞ荒涼《すさま》じく
地獄にありと聞く鬼婆《きば》の
うら偲ばるゝその姿。

我の座すのに気がつけば
聞えよがしに立去りつ
「分別《わきまへ》知らずの愚者《しれもの》が
病の毒のみなりて」とぞ
云ふその心の浅ましや。

次の間にては実の子に
土産やらんと語りつゝ
声高らかにえせ笑ひ
その笑ひごえあやしくて
此の世のものとは思われず。

ようやく咳のやみぬれば
眼には涙の池なして
萎え衰へし手を伸ばし
「立ち去りてよ」と慾《ほ》りすれば
ほり抉《えぐ》らるゝ胸しつゝ
せきくる涙に胸せまり

最后の握手をしたれども
之ぞ眞になりにける。
あな思ほえば、今だにも
涙の尽きせぬ友のこと。」

此所まで彼は心にて
呟きぬれば、西方《にしかた》に
傾く月を潤みける
眸《まなざし》をもてふりあほぎ
暫しは涙に咽びけり。

時は秋にてあるなれば

吹き来る風も身にしみて
草葉に集く千々虫の
繁くなく音はその胸を
声に出すとぞ思ほえぬ。

思ひは古き事なれど
湧き来る涙は新にて
拭ふこととてあらざれば
筧《かけひ》伝わる雫《しづく》とも
止まるべしとは見えざりき。

（九年九月十五日）

モルヒイネ

彼の女の便りはモルヒイネだ。
うれしい胸がわく〳〵する
彼の女の文に接すると、
大きな団扇《うちわ》で
その日に起った憂き事も
彼方の空へ吹きやって仕舞ふ。
そして楽しい明日をもたらす。

されど彼の女の手紙が遅れる日は
氣が狂ひ相だ。
何をやっても面白くない。
誰にでも当り散らしたい。
病院の待合室で注射を待ってゐる。
モルヒイネ患者にも似たなげき。
（十一年四月廿六日）

恋人

私は悩みの
夜更けの道を
辿ってゐる。
はるかに輝く
お城の灯を見つめながら。

時には荆棘《いばら》が
足首にまつわり、
石ころに

つまづいたりする。
心はあばら屋の
破れ障子の様に
疲れた。

始めは、
直ぐ着け相に見えたが
なか〳〵遠い道のりだ。
今になって私は
その輝かしい
希望のお城につく事が、
出来ないではないかと

思案の雲をめぐらす。

急がないと
夜にあけぼのが
やって来る様に、
私の生命も
神に捧げる時が
白い駒に乗って
此方に駈けてゐる。

十五夜の
こう〳〵と照る

夢の中に、
私はふらりと
その美しい世界に
誘われて、
まばゆき希望に
踊りながら、
今の旅には首途《かどで》した。

されど眞黒な雲に
覆れつくして、
銀色の光は
巨人のたなごころで

掬ひ上げられてしまった。
どれほど私の心を柔げて
重荷の歩みを
慰めてくれたか知れない
恩人だったのに。

彼の女の餘韻に
満ちたさゝやきは、
私を神のもとに
そのみ恵みを
感謝させておかなかったが、
その十五夜にも似て

彼の女の愛は
大空に奪われて行った。
それ以来私の心には
闇の帳りにつゝまれた。

私はなやみの
夜更けの道を
辿ってゐる。
はるかに輝く
お城の灯を見つめつゝ。

（十一年五月三日）

片羽鳥

櫻の花の散る宵は
淋しい涙にさそわるゝ。
愛をなくした片羽鳥が
いたましい声で飛び廻る。

（十一年五月三日）

うつろな鳥篭

私は酒の魔氣と
愛を掌につかまれぬ苛立《いらだち》とに、
夢遊病者の如く立ち上り
愛の言葉の住むと云ふ彼女の頬をうったのだ。

酒氣の濃霧の彼方にある、
あのすぎ去った事を思ひ出し、
餘りにもの慘《むごたら》しさに慄《おそ》きながら
私は新しい淋しさに魘われる。

えりもとを握られて捕虜になった彼女は、
抵抗は投捨てたが防禦に眼《まなこ》くばりながら
断末魔の飛火《のろし》をあげた。
同輩の女達がどや〳〵と鬨《とき》を作る
応援の騎馬を座敷の入口で
私が防ぐ間に、彼の女は
カーテンの窓を押し開けて
春雨の闇を逃げて行った。

誰かと一緒に
〃早く寝よ〃と、寝室の入口で

ほつれ毛をすくひながら
立ってゐたのをおぼろに知ってゐる。

答案に先生の悪口を書きまくり、
後の恐ろしいたゝりに眉を寄せつゝ
試験場をすご〳〵出て行く中学生にも似て、
私は翌朝早いと云ふのにその宿を立った。

電車に乗っても
車のきしみまでが、
彼の女の声に変り
私に罪の折檻を始めた。

それからと云ふものは、
その悲しみの海にひたりながら
朝から晩までそこを脱するすべもなく、
私の心は喪に服して仕舞った。

嘆きは遂に言葉となり
言葉は私に筆を運ばした。
私はおののきながら使に命じて
打診の手をのばしたのだ。

そうすれば歌ふ彼の女に帰るのだ。

愛は元の二倍になり
二人は又天国の水遊びを始める。
私の闇は薄らいだ様に思われた。

私の使者は哀れにも斬殺された。
彼の女の無言の宣告が
無期懲役を命じてより
私の嘆きは飽和状態を作った。
彼の女は今宵頃春窓にもたれつゝ、
私に過去を打ち明けた如く
今は私もそれに数へて他の人に、
消極的こびを投じてゐるのだ。

それから相手の人は、
彼女の持ってゐる不思議な糸にしばられて、
二人は堅い握手をし……。
あゝもう痛手には触れぬとしよう。
鳥篭より逃げて行った小鳥は
二度と帰らない。
私はうつろな鳥篭を
胸の中に抱いてゐる。

（十一年五月五日）

煙草屋の娘

あの角の煙草屋の娘は
うれひ勝ちですって？
あれでも仲々の腕達者です。
スカートの裾を高く持って
春の野に踊り出でた舞姫です。

凡ゆる者に媚は売りながらも
愛は渡そうとしない。

釣銭かえすに一寸手をふれて
男を盗見させる。

あの角の煙草屋の娘は
うれひ勝ちですって？
あれでもなか〳〵の腕達者です。

（十一年五月八日）

妹の靈前に捧ぐ

近親の涙の祈りも甲斐あらず、十年の生涯果敢なくも、あの世に去った妹の灵前に此の詩集を捧ぐ。

汝の他界せしは、我の早高入試合格発表の翌朝なりき。

我の悲しみ此の喜びに比すに何を以てかせん。

末期の水におくれて、せめて野辺の送りはと望みたれど、入学手続にまどわされて、遂に我は悲しみを抱いて都にとゞまり、兄は悲しみの田舎へ帰りぬ。

妹生前の時なりき。

或る宵父と対して遊べる時、人の好き嫌ひを問われけるに、

「お父ちゃんが世界中で一番好いてるばっ

てん、昇兄さんが一番好かん」

之が妹のなせし答なりき。

昇兄とは、とりもなほさず我の事。

何氣なく聞きし言葉なれど、遠く妹を思ひ起す時、今なほ耳朶をうつ。

妹は二男二女の末子に生れぬ。

柔らかき愛の庭にはぐくまれて、たしなめる者とては我のみなりき。暫く我は、妹の頬に数滴を流さしめぬ。

志を抱ひて上京せんとして、妹を病床に伺ひたるに、我は云い争ひつゝ別れたりき。二人は怒れるまゝに永久の離別をしたるなり。

之ぞ我が唯一の妹に残せる恨なり。幼にして妹は画をよくし、又、夏休に兄の帰るを待ち、短歌数首を詠みて、近親の者をひどく驚かしたるは九才なりき。

あゝ、されど恨みらくは、今は森陰の一介の卒塔婆となり果てぬ。
妹よ！
汝の黄泉に首途して十四ケ月目の命日に、
此の詩集を、汝の靈前に捧ぐ。

東京・戸山ケ原

筑　川

附記

郷里出身の岡生峰先生に表題と扉をお願ひ出来てうれしかった。又同僚西君の切なる友情とを此処に深く謝意を表します。

五月二十三日

筑川

著者プロフィール

大薮 筑川（おおやぶ ちくせん）

本名　大薮 昇
大正６年７月23日、福岡県三潴郡蒲池村（現・柳川市）に生まれる
早稲田第二高等学院文学部在籍中の21歳のとき病に倒れ、
昭和12年１月、帰らぬ人となる

本書の原本は昭和11年６月に刊行されたものである

詩集　若柳

2024年３月15日　初版第１刷発行

著　者　大薮 筑川
発行者　瓜谷 綱延
発行所　株式会社文芸社
〒160-0022　東京都新宿区新宿1－10－1
電話　03-5369-3060（代表）
03-5369-2299（販売）

印刷所　株式会社フクイン

ISBN978-4-286-25131-8